H. Niese

Das combinirte Pavillon und Baracken-System beim Baue von Krankenhäusern in Dörfern, kleinen und großen Städten, auf vier lithographirten Tafeln dargestellt und erläutert

Antigonos

H. Niese

Das combinirte Pavillon und Baracken-System beim Baue von Krankenhäusern in Dörfern, kleinen und großen Städten, auf vier lithographirten Tafeln dargestellt und erläutert

Unveränderter Nachdruck der Originalausgabe von 1873.

1. Auflage 2024 | ISBN: 978-3-38640-774-8

Antigonos Verlag ist ein Imprint der Outlook Verlagsgesellschaft mbH.

Verlag: Outlook Verlag GmbH, Zeilweg 44, 60439 Frankfurt, Deutschland
Vertretungsberechtigt: E. Roepke, Zeilweg 44, 60439 Frankfurt, Deutschland
Druck: Libri Plureos GmbH, Friedensallee 273, 22763 Hamburg, Deutschland

Das combinirte

Pavillon= und Baracken=System

beim Baue von

Krankenhäusern

in

Dörfern, kleinen und großen Städten,

auf

vier lithographirten Tafeln

dargestellt und erläutert

von

H. Riese, Dr.,

Generalarzt a. D., Ritter d. Kgl. Kronen=Ordens III. Classe ꝛc.

Altona 1873.

Carl Theod. Schlüter.

Vorwort.

Die großen Kriegsereignisse der letzten Jahrzehende haben, außer der weltgeschichtlichen, auch eine hervorragende culturhistorische Bedeutung. — Sie haben in allen Kreisen der Bevölkerung das lebhafteste Interesse wach gerufen für die Krankenpflege, und zwar nicht blos für diejenige, welche von sorgsamer Menschenhand mit Kunde und Freudigkeit ausgeübt, sondern auch für jene, die in den Zufluchtstätten der Kranken, in den Lazaretten dargeboten wird.

Das augenblickliche dringende Bedürfniß führte in den blutigen Völkerkriegen zu der Nothwendigkeit, umfangreiche Räumlichkeiten für die Aufnahme einer übergroßen Zahl von Verwundeten und Kranken in kürzester Zeit herzustellen und deshalb ein Bausystem zu adoptiren, welches leicht und schnell die erforderlichen Krankenhäuser schaffte. — Man baute hölzerne Lazarett=Baracken.

Eine reiche Erfahrung lehrte es bald, daß zunächst die Verwundungen, dann aber auch viele Krankheiten einen günstigeren Verlauf in diesen Baracken nahmen, als früher in den großen kostspieligen Kranken=Paläften.

Auch dessen ist der vorurtheilsfreie und nüchterne Beobachter immer mehr inne geworden, daß die frische Luft, das reine Wasser und die gute Kost die drei großen diätischen Heilmittel sind, auf deren richtige Anwendung es hauptsächlich ankommt, um in den Krankenhäusern gute Erfolge zu erzielen.

Das reine Wasser und die gute Kost — aus dem Brunnen frisch geschöpft oder in der Küche nahr= und schmackhaft bereitet — kann eine aufmerksame Pflege dem Kranken in jedes Hospital, in jedes Haus, täglich und stündlich bringen.

Aber die frische Luft läßt sich nicht gleich jenen zutragen. Um diese dem Kranken zu jeder Zeit in hinreichendem Maaße und genügender Güte zu verschaffen, muß das Lazarett von vorne herein zweckentsprechend und so gebaut werden, daß die frische Luft in demselben niemals fehle.

In den folgenden Blättern wird gezeigt werden, daß das combinirte Pavillon- und Baracken-Bau-System diese Aufgabe am besten erfüllt.

Verschiedene dabei in Betracht kommende Gesichtspunkte will ich versuchen in einer jedem Gebildeten verständlichen Weise zu besprechen. Denn ich wünsche, daß nicht blos solche, zu deren Beruf die Lazarett-Angelegenheiten gehören, sondern auch manche Männer, Frauen und Jungfrauen, welche, nur durch ihre inneren edlen Gesinnungen getrieben, für die Pflege der Kranken und insbesondere auch für die besten Hospitaleinrichtungen mit warmen Herzen und großen Opfern streben, von dem Inhalt und Endzweck dieser kleinen Schrift Kenntniß nehmen werden.

Mögen mit diesem Wunsche noch andere in Erfüllung gehen, welche ich bei der Abfassung dieses Werkchens hegte!

Altona, am ersten Weihnacht-Festtage, den 25. December 1872.

Dr. **Riese.**

Das Erste, was der Mensch zum Leben bedarf, sobald er geboren ist, und dasjenige, was er fast keine Minute lang entbehren kann, ohne zu sterben, — das ist die Luft.

Die frische Luft nimmt der Mensch denn auch während der ganzen Zeit seines Lebens in großen Mengen zu sich.

Ein erwachsener Mann (und gleich ihm auch bereits ein zehnjähriger Knabe) athmet in 24 Stunden 9000 Liter oder 8100 Quart Luft ein, während die festen und flüssigen Bestandtheile, welche er in 24 Stunden einnimmt und ausscheidet, den Raum von nur 3 Litern einnehmen. — Da können nun Manche wohl denken: ja! was der Mensch auf solche Weise durch Einathmen zu sich nimmt, das ist eben nichts anderes als Luft und hat keine materielle Bedeutung. Denen will ich sogleich mit der Bemerkung entgegentreten, daß die Luft gleichfalls ein wägbarer Stoff, wenn auch freilich 770 mal leichter als Wasser ist; und es dürfte einem Jeden so recht klar werden, wie groß die Menge der eingeathmeten Luft ist, wenn ich solche in Gewicht angebe.

Die von einem Menschen in 24 Stunden eingeathmete Luft wiegt nämlich 11½ Kilogramm oder 23 Pfund. Dagegen beträgt die für einen erwachsenen Mann, welcher 75 Kilo oder 150 Pfund schwer ist, in 24 Stunden ausreichende Nahrung an Gewicht nur 3 Kilogramm oder 6 Pfund, nämlich 5 Pfund Flüssigkeit und 1 Pfund feste Nahrungsstoffe. — Mit anderen Worten: Das Gewicht der in 24 Stunden von einem Menschen genossenen Luft ist fast viermal so groß als das Gewicht der verzehrten Speisen und Getränke. Hieraus darf man schon auf die große Bedeutung schließen, welche die Luft für die Oeconomie des menschlichen Körpers hat.

Die Luft ist in Wahrheit, wie die erste Bedingung des selbständigen Lebens, so auch für die fernere Erhaltung des gesunden Organismus eben so nothwendig wie die Speisen und Getränke, und es wird namentlich das Blut erst durch den Hinzutritt des Sauerstoffs der Luft für die Ernährung brauchbar. — Für den kranken Körper ist aber das Bedürfniß nach frischer Luft noch größer, damit das kranke Blut wieder gesunde und die kranken Organe wieder zur Norm zurück= geführt werden.

Das haben jetzt auch alle Aerzte erkannt und stimmen namentlich darin überein, daß der frischen Luft speciell in Krankenhäusern einer der obersten Plätze in der Reihe der Heilmittel anzuweisen sei; und daß deshalb nur solche Krankenhäuser ihrer Bestimmung entsprechen, welche so gebaut sind, daß in den Krankenzimmern die frische Luft jeder Zeit in möglichst reichlichem Maaße und in möglichster Reinheit vor= handen ist.

Dieser mit Recht an ein Krankenhaus zu stellenden Forderung genügen nun die bisher fast ausschließlich gebräuchlichen Corridor= Lazarette keineswegs.

Die Krankenzimmer in ihnen können nämlich durchaus nicht für genügend ventilirbar erachtet werden. Selbige lehnen sich bekanntlich mit dem einen Ende an den Corridor an, in welchem die Luft nicht mehr rein und ohne Beimischung, sondern sehr häufig entweder stagnirend oder selbst mit den Effluvien aus den Krankenzimmern verunreinigt ist, so daß Infectionsstoffe aus dem einen Krankenzimmer gerade durch Vermitte= lung des Corridors in ein anderes übertragen werden können. Die beiden Seitenwände aber stoßen an andere Zimmer an; und nur die eine Wand, die vierte (welche gewöhnlich noch dazu eine schmälere ist) hat Fenster und ist allein mit der freien Luft in unmittelbarer Berührung.

Es muß bei genauer Erwägung einem Jeden einleuchten, daß bei einer solchen Bau=Anlage nicht diejenige natürliche Ventilation der Zimmer bewirkt werden kann, welche für eine stetige Lufterneuerung in Krankenhäusern erforderlich ist.

Unter natürlicher Ventilation versteht man diejenige, welche, ohne besondere Maschinen=Vorrichtungen, erstens durch die gewöhnlichen Oeffnungen (z. B. Fenster, Thüren, Schornsteine ꝛc.) in den Gebäuden oder durch speciell angelegte Luftcanäle, und zweitens durch die soge= nannte spontane Poren=Ventilation Statt findet. — Was die letztere betrifft, so hat Pettenkofer es bewiesen, daß durch die Poren in den Wänden und Thüren der Häuser fortwährend Luft eindringt, und daß diese stetige, wenn gleich für gewöhnlich unmerkliche Erneuerung der Luft keineswegs zu unterschätzen, sondern im Gegentheil für die Unterhaltung einer guten Luftbeschaffenheit in den Wohnungen von großer Wichtigkeit ist.

In den Corridor=Lazaretten ist nun diese Porenventilation und ebenso die Lufterneuerung durch die nur sparsam vertretenen Fenster, wie auch durch die übrigen Wege der natürlichen Ventilation nur in einem sehr beschränkten Maaße vorhanden. Es reichen daher die Wege für die natürliche Ventilation in ihnen nicht aus.

Man hat deshalb diesen Mangel zu ersetzen gesucht durch die künstliche Ventilation, d. h. durch besondere, blos für den Zweck der Lufterneuerung vermittelst Maschinenkraft getroffene Vorrichtungen, namentlich durch die sogenannte Pulsion und Aspiration der Luft.

Bei der Pulsion wird die je nach Bedürfniß erwärmte oder nicht erwärmte Luft durch eine mit einer Dampfmaschine in Bewegung gesetzte Flügelschraube (dem Propeller auf Dampfmaschinen ähnlich) in die Stuben durch Röhren hineingetrieben.

Bei der Aspiration leiten Canäle die Luft aus den Kranken= zimmern in ein Reservoir, dessen Luft entweder (z. B. durch warmes Wasser) erwärmt oder durch einen zweiten Propeller ausgepumpt wird.

Diese beiden Systeme werden entweder jedes für sich oder in Ver= einigung mit einander angewandt.

Die Anlage und der Betrieb solcher Einrichtungen ist nun aber sehr kostspielig und kann deshalb vernünftiger Weise nur für große Krankenhäuser angeschafft werden. Außerdem ist natürlich eine Centralisation der zu dem ganzen Umfange des Betriebes gehörigen Vorkehrungen und Baulichkeiten erforderlich. — Manche competente Männer der Wissenschaft haben es auch durch statistische Angaben nachgewiesen, daß in denjenigen Hospitälern, in welche diese künstliche Pulsions= und Aspirations=Ventilation eingeführt worden, keineswegs eine Ver= minderung der eigentlichen Lazarett=Krankheiten oder der Sterblichkeit beobachtet wurde.

Für's erste bleibt es daher auch zweifelhaft, ob diese der Theorie nach anscheinend auf so richtigen physicalischen Gesetzen beruhende künstliche Ventilations=Methode den von ihr gehegten Erwartungen auch in der Praxis entspricht.

Wenn man alle diese Zweifel und Nachtheile erwägt, so gelangt man schließlich zu der Ueberzeugung, daß die Corridor=Lazarette nicht zu empfehlen sind, weil die Schwierigkeiten, den Kranken in ihnen die erforderliche Menge von frischer Luft — eins der nothwendigsten diätetischen Heilmittel — zuzuführen, bis jetzt nicht zu überwinden waren.

Wenn man aber Pavillons und Baracken als Krankenhäuser benutzt, dann wird durch deren Bauart auf der Einen Seite die stetige Lufterneuerung, der fortlaufende Ersatz der verbrauchten oder verunreinigten durch frische und reine Luft schon vermittelst der natürlichen Venlilation allein in genügender Weise bewirkt, und also die kostspielige Anlage für eine künstliche, in ihren Erfolgen zweifelhafte Ventilation gespart; und auf der anderen Seite — in Uebereinstimmung mit der jetzigen dringenden Forderung der Wissenschaft — eine Decentralisation der Bauten und eine Vertheilung der Kranken in kleine Localitäten ermöglicht.

Frei und isolirt stehen nämlich die Pavillons und Baracken da. — Die frische Luft hat nicht blos von allen Seiten ungehinderten Zutritt, sondern auch von unten durch den auf Sockeln ruhenden, also eine Luftschicht unter sich lassenden Fußboden; und bei den Baracken außerdem auch noch von oben.

Die Pavillons und Baracken unterscheiden sich ja bekanntlich dadurch von einander, daß die letzteren ein oben am First offenes, mit einem durch Klappen verschließbaren Dachreiter versehenes Dach (also eine Firstventilation), aber keine Decke (Plafond) besitzen, während die Pavillons eine Decke und ein oben geschlossenes Dach (also keine Firstventilation) haben. — Die Pavillons sind daher auch wärmer und geschützter gegen Temperatur-Veränderungen, aber nicht so reich an stets erneuter frischer Luft. Sie dienen und sind nothwendig für solche Kranke, welche einer gleichmäßigeren Temperatur bedürfen. — Die Baracken sind vorzugsweise für Kranke bestimmt, welche kühler gehalten werden sollen, also namentlich für gewisse fieberhafte und Infections-Krankheiten, wie z. B. Typhus, Blattern ꝛc.; aber erfahrungsgemäß besonders auch für Verwundete.

Die durch den ganzen Bau der Pavillons und Baracken bereits so sehr begünstigte natürliche Ventilation wird noch durch folgende bauliche Einrichtungen zu dem Grade verstärkt, daß sie vollständig ausreicht und jede Unterstützung durch künstliche Maschinenkraft überflüssig macht.

a) Ein oder zwei unter dem Fußboden hinlaufende, bis an die Umfassungsmauer reichende Canäle leiten die frische Luft durch Oeffnungen im Fußboden in einen die Oefen umgebenden Mantel, wo sie im Winter erwärmt wird; während im Sommer der Durchgang der Luft durch den Ofen-Mantel die kältere Luftströmung, welche stets unbehaglich ist, wenn sie von unten kommt, in die mittlere Zimmer-Region leitet.

b) Auch um die Abzugs- oder Rauchröhren der Oefen werden Mäntel angebracht, welche unter der Decke, resp. in der Höhe des beginnenden Daches anfangen, bis über das Dach hinausreichen und namentlich im Winter einen vorzüglichen Weg zur Ableitung der Luft abgeben.

c) In allen vier Ecken der Pavillons und Baracken werden in der Mauer besondere Luftabzugscanäle angelegt, die gleichfalls über das Dach hinausgeführt und dort zur Verstärkung ihrer Wirkung mit dem Wolpert'schen Rauch- und Luftsauger versehen werden.

d) Die im Winter erforderlichen Oefen müssen selbstverständlich Ventilations-Oefen sein, damit sie zugleich als Luftreiniger dienen.

e) Das allerbeste und durch keine andere natürliche oder künstliche Ventilation zu ersetzende Lufterneuerungsmittel ist jedoch das Oeffnen der Thüren und Fenster. Denn dadurch wird offenbar die frische Luft in reichlichstem Maaße in die Krankenzimmer hereingelassen und die verbrauchte Luft wieder hinausgeführt. — Den Zugwind aber, welcher beim Oeffnen der Fenster und Thüren entsteht, muß man in der That nicht all' zu sehr fürchten. Er ist sogar sehr nützlich in Kranken- zimmern und namentlich durch keine künstliche Ventilations-Vorrichtungen zu ersetzen, weil durch ihn allein der sogenannte „Sonnenstaub" weg- geführt oder vielleicht, wenn man Lender's Ansichten sich anschließt, durch den mit dem Zugwind gleichzeitig eingeführten Ozon-Sauerstoff vernichtet wird. Der „Sonnenstaub" besteht nämlich, wie neue Untersuchungen ergeben haben, aus Vibrionen (d. h. den Schwärmsporen von Pilz- oder Schimmelbildungen), die für die Träger von Krankheits-Stoffen oder Krankheits-Keimen gehalten werden. (Giftstoff der Luft nach Lender.) Der Zugwind nützt natürlich weit mehr, indem er diese gefährliche Krank- heits-Brut vertreibt, als er durch seine früher so ängstlich gemiedene Einwirkung schadet.

Folgende Bemerkungen über die Fenster mögen hier noch eine Stelle finden.

Man sieht es häufig, daß die Krankenzimmer und selbst die Baracken nur recht sparsam mit Fenstern versehen sind. Das ist eine mangelhafte Einrichtung. Es ist vielmehr nothwendig, daß zahlreiche Fenster in ihnen angebracht werden. — Helle Zimmer machen schon an und für sich einen belebenden und erheiternden Eindruck auf das Gemüth des Kranken. Das Sonnenlicht wirkt auch, ohne Zweifel namentlich durch Begünstigung der Sauerstoffentwickelung, sehr günstig auf das Gedeihen aller höheren Organismen ein. Außerdem aber vermag man die Venti- lation um so richtiger zu modificiren und zu reguliren, je mehr Fenster vorhanden sind, da alsdann gerade die dem jedesmaligen Bedürfniß entsprechenden geöffnet oder geschlossen werden können. *) Eine zu starke Kälte kann man aber durch Fensterläden abwehren und durch vermehrte Heizung mindern. In Folge der letzteren wird zugleich auch noch eine

---

*) Auch die geschlossenen Fenster befördern schon die Ventilation, indem die Luft in den Zimmern ꝛc., je nach der kälteren oder wärmeren Temperatur der äußeren Luft, an den Fenstern entweder sich abkühlt und dann niedersteigt, oder sich erwärmt und dann aufsteigt, mithin in Bewegung gesetzt wird. — Je mehr Fenster, desto besser die Ventilation!

verstärkte Luftabführung durch die Oefen, eine erhöhte Temperatur=Diffe=
renz zwischen der inneren und äußeren Luft, sowie eben dadurch eine
lebhaftere Ventilation bewirkt.

Schließlich noch ein praktischer Wink!

Als Schutz gegen die Sonne sind statt der gewöhnlichen Fenster=
vorhänge die sogenannten Persiennes d. h. stellbare, hölzerne Jalousien,
sehr zu empfehlen, da sie den Durchzug der Luft nicht in der Weise
hindern wie dichte Rouleaux. — Auch in den Thüren der Krankenzimmer
ist ein ähnlicher stellbarer, jalousienartiger, hölzerner Einsatz an=
zubringen.

Nachdem die bedeutungsvolle Ventilationsfrage in dem
Vorstehenden, und zwar dahin erörtert worden, daß in den Pavillons und
Baracken, unter Benutzung der angegebenen Hilfsmittel, die natürliche
Ventilation vollkommen genüge, sollen in den folgenden Zeilen noch einige
andere bei der Anlage und dem Baue von Krankenhäusern wichtige
Puncte besprochen werden.

Was nun zunächst die Lage und die Umgebung eines Kranken=
hauses betrifft, so herrscht darüber keine Meinungsverschiedenheit, daß
für dasselbe ein frei und wenn möglich hoch, event. auch außerhalb
des Dunstkreises einer größeren Stadt gelegener Platz mit
einem trockenen und namentlich nicht sumpfigen Boden auszuwählen sei.
Man wird den Boden, auf welchem man zu bauen gedenkt, nicht nur
zuvor durch Bohrungen untersuchen, sondern daselbst zweckmäßiger
Weise zugleich auch einen Brunnen graben. Denn bei der großen
Bedeutung, welche das reine und gute Wasser für Kranke hat, darf ein
Brunnen bei keinem Krankenhause fehlen. Bei der Anlage eines Brunnen=
schachtes erhält man zugleich auch noch die genaueste Kenntniß sowohl
von den Erdschichten, auf welchen das Krankenhaus zu stehen kommt,
als auch von dem Stande des Grundwassers, und man kann von
dem Bau abstehen, wenn man irgend wie Bedenkliches finden sollte.

In einem anderen Punkte aber, in der Größe der Kranken=
häuser, hat die bisherige Praxis meistens die in der neuesten Zeit von
der Wissenschaft aufgestellten Forderungen außer Acht gelassen und über=
trieben große Hospitäler gebaut.

Mit Recht haben alle ärztlichen Autoritäten jetzt das Princip der
Krankenzerstreuung als ungemein wichtig bei der Krankenbehand=
lung hervorgehoben. Dieses Princip muß nun aber nicht blos bei den

großen Dimensionen der Völkerkriege, durch die Vertheilung der Verwundeten und Kranken nach den Radien des Compasses in alle Weltgegenden, Länder und Ortschaften geltend gemacht werden, sondern auch in den kleineren Verhältnissen des Friedens und des gewöhnlichen Lebens, indem sowohl die großen Gebäude, als auch die großen Zimmer für die Unterbringung der Kranken perhorrescirt werden. — Man könnte sich fast verführen lassen zu sagen: je kleiner das Lazarett, desto zweckmäßiger!

Allein die Verhältnisse zwingen ja selbstverständlich öfters zu umfangreichen Anlagen.

In Ein Gebäude sollte man jedoch nie mehr als 100 bis 120 Kranke aufnehmen, weil die Gefahr der Luftverderbniß sich mit der Zahl der Bewohner eines Gebäudes mehr und mehr steigert.

Ebenso verhält es sich mit den einzelnen Pavillons oder Baracken. Dieselben Grundsätze und Gesetze finden auch auf sie ihre Anwendung. Je mehr Kranke in Einen Raum, in Ein Zimmer zusammengelegt werden, desto mannigfaltiger werden die Gelegenheitsursachen zur Verunreinigung der Localität durch die Ab- und Aussonderungen der verschiedenen Menschen und durch Krankheitsstoffe mancher Art. — Man muß daher auch, um möglichst vorzubeugen, daß ein Pavillon oder eine Baracke nicht der Heerd einer localen Seuche werde, die Zahl der Betten in ihnen beschränken, so daß dieselbe keinen Falls zwölf überschreitet. *) — Wenn dann einmal unglücklicher Weise eine gefährliche Infectionskrankheit, z. B. Hospitalbrand oder Blattern, in einer Baracke oder einem Pavillon sich zeigt und zur Räumung sowie zur Desinfection derselben nöthigt, dann gehen doch wenigstens nicht mehr als zwölf Betten für den Gebrauch verloren; was immerhin gleichfalls wichtig ist.

Die Baracken und Pavillons müssen aber so groß sein, daß auf jedes Krankenbett 9 Quadrat-Meter Flächenraum und 40 bis 45 Kubik-Meter Luftraum kommen. Ihre Höhe betrage demnach — je nach ihrer Größe — $4\frac{1}{2}$ bis 5 Meter; so daß die größeren Räume auch die höheren sind.

Die für die Oeconomie und Wirthschaft dienenden Küchen und Räumlichkeiten dürfen sich nicht in den zur Aufnahme der Kranken selbst bestimmten Gebäuden befinden, sondern müssen in eigenen,

------

*) Es ist hier natürlich nur von Friedenslazaretten die Rede. Der Krieg bringt Ausnahme-Zustände und erfordert außerordentliche Maaßregeln.

abgesonderten Localitäten angebracht werden. — Man hat — selbst in neuester Zeit — die Krankenhäuser leider vielfach so gebaut, daß die Küche und die Vorrathskammern in deren Kellern sind. Eine solche Einrichtung ist gänzlich zu verwerfen. Denn die bei der Bereitung der Speisen sich bildenden Dünste und Dämpfe, die verschiedensten Gerüche beim Braten, Schmoren und Kochen des Fleisches, der Gemüse 2c., der Kohlenstaub, der Rauch und die sonstigen Producte der Verbrennung bringen den ganzen Tag hindurch in die Krankenzimmer hinein, verunreinigen die Luft daselbst, belästigen die Kranken und schaden ihnen geradezu. Und wenn in der Nacht, namentlich im Winter, die Küche und die übrigen Räumlichkeiten im Keller sich abkühlen, während die Krankenzimmer ihre ziemlich gleichmäßig warme Temperatur behalten, dann steigen die verschieden zusammengesetzten und gemengten, mit Riechstoffen geschwängerten Luftarten aus dem Keller durch den Fußboden hindurch in die Krankenzimmer hinauf und verderben die Luft. *)

Diese Thatsachen dürften die Forderung rechtfertigen, daß die Oeconomie-Küche nebst Anhang aus den eigentlichen Kranken=Localitäten ausgeschlossen werde.

Daß dagegen eine sogenannte Theeküche — für die Bereitung von Badewasser, von Umschlägen oder warmen Getränken 2c. — in der Baracke oder im Pavillon sein muß, ist selbstverständlich.

Sogar die bloßen Vorrathskeller unter den Krankenzimmern lasse man weg. Man dürfte sie höchstens dann gestatten, wenn sie durch eine über ihnen befindliche Luftschicht von den Krankenstuben getrennt sind, damit die in den Kellerräumen sich entwickelnden Luftarten nicht unmittelbar durch die Decken in jene hineindringen können.

---

*) Die Bewegung der Luft wird auf zwiefache Weise hervorgerufen: 1) durch Stoß oder Druck auf dieselbe (z. B. durch Wind, Fächer 2c.); 2) durch Temperatur=Differenzen der Luft selbst, indem die kälteren und wärmeren Luftschichten sich gegen einander bewegen und in einander schieben, wobei im Allgemeinen die kälteren abwärts und die wärmeren aufwärts steigen. — Die bewegte Luft dringt — wie oben bereits bei Erwähnung der Poren=Ventilation hervorgehoben wurde — durch Wände und Thüren hindurch; und daß sie, wenn gleich nur durch Temperatur=Differenzen zur Bewegung veranlaßt, dennoch speciell durch den Erdboden und den Fußboden bringt, das beweisen die traurigen Beispiele von Vergiftung durch Leuchtgas, welches aus schadhaften, außerhalb der Wohnung liegenden Gasröhren in die Stuben hineinzog. — Die Vibrionen (der Sonnenstaub) gehen aber nicht mit der Luft durch die Wände und Fußböden hindurch, sondern werden durch diese abfiltrirt und bleiben in ihnen sitzen, wie die von Pasteur angestellten Experimente beweisen. — Sollte die Annahme zu gewagt sein, daß die Infectionsstoffe eben so wenig durch Wände und Fußböden hindurchdringen, wenn solche weder Thüren noch Fenster, weder Spalten noch Risse haben?

Die guten Erfolge, welche die Behandlung der Kranken in den Baracken aufzuweisen hat, und die in manchen Krankenhäusern gemachten Erfahrungen, daß mit der Höhe der Etagen die Salubrität ab=, dagegen die Sterblichkeit zunimmt, lassen es unzweifelhaft, daß es in gesundheitlicher Beziehung am zweckmäßigsten ist, die Pavillons und Baracken nur einstöckig zu bauen. — Zugleich ist die ganze Verwaltung in einstöckigen Lazarett=Gebäuden auch am leichtesten und wohlfeilsten zu handhaben.

Wenn jedoch unabweisbare Umstände (z. B. Mangel an Platz in einer großen Stadt) dazu nöthigen eine Etage auf die Pavillons aufzu= setzen, so muß auch zwischen dem Erdgeschoß und der Etage eine freie Luftschicht, ein Zwischenraum zum Ventiliren sein, damit eines Theils die frische Luft die Decke der im Erdgeschoß befindlichen Pavillons und den Fußboden der die Etage bildenden Baracken frei bestreiche und eine spontane Poren=Ventilation auch hier Statt habe; anderen Theils aber auch ein directer Uebergang der Luft, durch die Decken hindurch, aus den unteren Krankenräumen in die oberen, und umgekehrt (wie er bei den unvermeidlichen Temperatur=Differenzen in den verschiedenen Geschossen häufig eintreten müßte) vermieden und endlich ein (wie Manche glauben) an der äußeren Wand Statt findendes Hinaufsteigen der mit Infectionsstoffen geschwängerten, durch die geöffneten Fenster entweichenden wärmeren Luft aus den unteren in die oberen Zimmer durch den Luftzug zwischen den beiden Stockwerken beseitigt werde.

Es ist eine Thatsache, daß sich in allen Krankenhäusern, wenn sie Jahre lang fortwährend benutzt worden sind, allmählig eine eigenthüm= liche Luftbeschaffenheit zeigt, welche einen specifischen Eindruck auf die Geruchsorgane macht und einen ungünstigen Einfluß auf den Verlauf der Krankheiten, der Verwundungen rc. ausübt, so daß man mit Recht sagen kann: es entwickelt sich im Laufe der Jahre, selbst bei der größten Sorgfalt rücksichtlich der Ventilation und Desinfection, in allen Kranken= häusern — durch die verschiedenartigen Ansteckungsstoffe, durch die Wund= secrete, Ausathmungen, Ausdünstungen, Aus= und Absonderungen der Kranken — eine besondere Lazarett=Kachexie oder ein eigenthümliches Krankenhaus=Siechthum. Ich habe dieses Krankenhaus=Siechthum in einer früheren kleinen Schrift mit der Malaria in einem Sumpfgebiet verglichen und es ausgesprochen, daß es, gleich dieser, die Gesundheit aller derer gefährdet, welche sich längere Zeit in ihm aufhalten.

Die Untersuchungen, welche in dieser Beziehung angestellt worden sind, haben es auch ergeben, daß sich in den lange Zeit hindurch benutzten

Krankenhäusern organische Substanzen an den Wänden festsetzen und in die Poren der Steine und des Holzwerks eindringen. In den künstlichen Niederschlägen aus solchen alten Krankenzimmern entwickelt sich rasch Fäulniß und ein mannichfaltiges microskopisches Leben, — zum Beweise, daß sie organische Bestandtheile enthalten.*) — Da nun solche organische Substanzen immer als verdächtig und gesundheitsgefährlich anzusehen sind, so darf man sie auch wohl speciell hier für die Ursache der Lazarett-Kachexie halten. Und um diese zu verhüten, ist es wünschens= werth die Krankenhäuser nicht zu lange, d. h. nicht länger als 12 Jahre zu benutzen. Diese Forderung ist schon von den Ameri= kanischen Aerzten gestellt worden, welche es ausgesprochen haben, daß ein Hospital, welches 10 Jahre benutzt worden, wohl kaum mehr von den verschiedenartigen Infectionsstoffen befreit werden könne.

Es genügt deshalb nicht, daß man blos allen unnützen Luxus und Aufwand beim Bau der Krankenhäuser vermeidet, (daß man mit anderen Worten keine Krankenpaläste mehr baut), sondern man muß geradezu darauf bedacht sein, selbige nicht blos zweckentsprechend, sondern auch möglichst billig zu bauen, damit sie ohne zu große öconomische Opfer aufgegeben und abgebrochen werden können, bevor sie mit Auswurfs= und Infectionsstoffen so imprägnirt sind, daß die Kranken in Gefahr gerathen in ihnen kachectisch statt geheilt zu werden.

Zunächst denkt nun wohl Jedermann hiebei an solche Baracken, wie sie für augenblickliche Kriegszwecke so oft blos aus Holz aufgeführt sind, da selbige am wohlfeilsten herzustellen sein dürften. Dieselben sind aber im Sommer zu heiß und im Winter zu kalt, daher den Ansprüchen, welche an ein Krankenhaus gestellt werden müssen, nicht genügend. Es ist nämlich die Bestimmung eines jeden Hauses, Schutz gegen den Wechsel der Witterung zu gewähren und eine von äußeren Einflüssen möglichst unabhängige Temperatur seines Innern zu unterhalten, um auf diese Weise die Eigenwärme des menschlichen Organismus zu wahren.

Solche Gebäude, welche — ähnlich den Strohdächern auf unseren niedersächsischen Bauernhäusern — ganz aus Stroh oder Schilf aufgeführt werden (man trifft nicht selten derartige Gartenhäuschen), oder bei denen die Torfsoden statt der Mauersteine benutzt werden, sind zu feuergefährlich und deshalb nicht zu empfehlen.

Es ist wohl keinem Zweifel unterworfen, daß der Bau aus ge= brannten Mauersteinen (Brandmauer) am zweckmäßigsten für unser Klima ist. Er ist aber auch am theuersten.

---

*) Auch jede Fäulniß wird bekanntlich durch organische Substanz bedingt. „Ohne Pilze keine Gährung, keine Fäulniß.“

Wer also nicht nöthig hat die Kosten ängstlich zu berechnen, oder wer sich nicht dazu entschließen kann nach 12 Jahren wieder abzubrechen, sondern nach alter Weise auf möglichst lange Zeit bauen will, der errichte **Pavillons** und **Baracken** aus **gebrannten Mauersteinen.**

Für alle diejenigen aber, welche auf **Sparsamkeit beim Krankenhausbau** angewiesen und zugleich für den **Zeitraum von nur 12 Jahren zu bauen** entschlossen sind, will ich einen bereits bei einer anderen Gelegenheit von mir gemachten Bauvorschlag hier wiederholen, da er 25 pCt. **wohlfeiler** ist als ein ganz aus gebrannten Mauersteinen aufgeführter Bau, und doch für 12 Jahre allen Ansprüchen genügen dürfte. — Er ist zugleich — nach dem zustimmigen Urtheil mehrer Architecten — für unser Klima ganz geeignet, im **Sommer kühl**, im **Winter hinlänglich warm**; er wird leichter und schneller aufgeführt und trocken als Brandmauer, und erfordert nur geringe Reparaturkosten. Endlich darf man von ihm eine **besondere Salubrität** erwarten, da seine Wände keinen inwendigen Putz haben, sondern glatt sind und deshalb Excrete, Infectionsstoffe ꝛc. nicht so leicht in sich aufnehmen.

Dieser Bau wird nun folgendermaaßen ausgeführt:

a) Zunächst ebene man den Platz, nehme, wenn er mit Gras bewachsen ist, die Grasnarbe (Grassoden) ab und beschütte den Platz wieder, damit er für Wasser durchgängig ist, in einer Höhe von 6 bis 8 Centimetern mit grobem Kies oder mit kleinen Steinen. — Um das ganze Gebäude, stets 75 Centimeter von dessen Außenwänden entfernt, wird ein 60 Centimeter tiefer und eben so breiter Graben gezogen, welcher einen genügenden Abfluß hat.

b) Der hölzerne doppelte Fußboden ruht auf gemauerten, 40 Centimeter hohen Sockeln, deren Zwischenräume durch hölzerne Klappen verschlossen werden können. (Im Winter werden diese letzteren auch noch mit einer Schicht Erde beschüttet, um die Kälte abzuhalten, und es bleiben nur einige kleinere Klappen für die erforderliche Lufterneuerung des Raumes unter dem Fußboden frei).

c) Die Wände bestehen aus Holz-Fachwerk, mit einem halben Mauerstein ausgefüllt. — Nach außen werden alle Wände mit Dachpappe überzogen, welche auf hölzerne Leisten aufgenagelt wird, so daß eine sogenannte ruhende Luftschicht entsteht. Jeder Nagelkopf ist sorgfältig mit Steinkohlentheer zu bestreichen, damit das Regenwasser nicht durchgeht. — Inwendig werden die Wände — auch unter Belassung einer Luftschicht — mit gehobelten Brettern bekleidet, welche mit Oelfarbe oder mit einem für die Luft durchgängigen Oelfirniß gestrichen werden, damit die Auswurfs- und Infectionsstoffe nicht so leicht an den glatten Wänden hängen bleiben ober in deren Poren eindringen, sondern beim täglichen Abwischen der Wände mit einem (etwa in eine schwache Carbol=Lösung getauchten) Tuche größten Theils wieder entfernt werden können. (Es wäre falsch, wie Einige vorgeschlagen haben, die Wände der Krankenzimmer mit Glas zu überziehen, weil dadurch die nicht zu entbehrende spontane Poren=Ventilation aufgehoben würde. Aus demselben Grunde sind auch die in neuester Zeit in den Handel gelangten Staniol=Tapeten — wie für Stuben überhaupt, so auch für Krankenzimmer zu verwerfen.)

d) Die Decke in den Pavillons und das Dach der Baracken bestehen aus Brettern, welche gleichfalls wenigstens an der nach innen gekehrten Fläche gehobelt und mit Oelfarbe oder Firniß gestrichen sind. — Das Dach wird mit Dachpappe überzogen.

Der hier gegebene Bauvorschlag soll nur ein Versuch sein zur Lösung der wiederholt hervorgehobenen Aufgabe: zweckentsprechend und doch möglichst billig zu bauen, um die Krankenhäuser nach einem 12jährigen Gebrauch niederreißen und durch neue ersetzen zu können.

Wer das thut, der hat auch den großen Vortheil, daß er alle neuen Einrichtungen und jeden Fortschritt im Lazarettbau stets zur Geltung bringen kann.

Beim Abbruch des Krankenhauses kann man das alte Material vielleicht auch wieder verkaufen, um es zu Bauten im Freien zu ver= werthen; wodurch die Baukosten noch verringert würden.

Es versteht sich übrigens von selbst, daß nur die eigentlichen Krankenräume abzubrechen sind, und nicht zugleich auch die sonstigen Oeconomie=Gebäude und Wohnungen, welche daher auch in Brandmauer aufgeführt werden.

Ich wünsche und hoffe, daß Architecten, welche im Krankenhausbau erfahren sind, die vorliegende Aufgabe besser zu lösen verstehen und ihre Vorschläge uns nicht zu lange vorenthalten.

In dem bisher Gesagten sind u. a. die beiden grundsätzlichen For= derungen aufgestellt worden, daß für Lazarettzwecke keine Corridor= Lazarette, sondern nur Pavillons und Baracken benutzt, und daß in jeden oder jede derselben höchstens zwölf Lagerstätten unter= gebracht werden.

Wenn nun die alsdann erforderliche größere Anzahl von solchen kleinen Pavillons und Baracken so gebaut wird, daß sie isolirt stehen oder etwa durch einen langen Corridor unter sich verbunden sind, dann wird, wie leicht einzusehen, nicht nur ein verhältnißmäßig großes Terrain für selbige erforderlich, sondern auch die ganze Verwaltung,

Aufsicht und Pflege zugleich sehr zersplittert, beschwerlich und zeitraubend, wie auch eben dadurch besonders kostspielig werden.

Um diese Uebelstände bei dem Baue von kleinen Pavillons und Baracken zu vermeiden, lege ich auf den beifolgenden Tafeln einen Bauplan vor, auf welchem je zwei Pavillons und zwei Baracken um ein Zimmer herum gruppirt werden, so daß von diesem aus die Aufsicht und die Pflege der Kranken auf das zweckmäßigste, leichteste und bequemste auszuüben ist.

Man kann sich das hier vorgeschlagene Bau-System auch so vor-stellen, daß die bisher gebräuchlichen großen Baracken und Pavillons, welche gewöhnlich 30 Betten und darüber enthalten, in 4 kleinere Abthei-lungen getrennt worden sind, ohne daß die Verwaltung, Aufsicht und Pflege irgendwie dadurch eine Abänderung oder Störung erleidet, oder mehr Kräfte erfordert.

Ein nach den vorliegenden Plänen ausgeführter Krankenhaus-Bau hat folgende Vorzüge:

1) Er umfaßt zu gleichen Theilen Baracken und Pavillons, welche in Einem Gebäude, auf eine natürliche und einfache Weise zu Einem System vereinigt sind.

2) Keine einzelne Kranken-Localität enthält mehr als zwölf Betten.

3) Das erforderliche Terrain ist bedeutend kleiner als wenn die Baracken und Pavillons isolirt gebaut werden.

4) Die Verwaltung, Aufsicht und Pflege ist leicht und bequem, nimmt auch wenig Zeit und geringe Kosten in Anspruch. Wenn die Thüren, welche aus dem Zimmer der Pflegerin in die Pavillons und Baracken führen, mit Fenstern versehen sind, so kann die Pflegerin so zu sagen mit Einem Blick alle ihre Kranken übersehen.

5) Und dennoch ist jeder Pavillon und jede Baracke isolirt für sich, und kann, wenn solches erforderlich ist, vollständig von den anderen abgetrennt werden, indem sie nämlich alle, außer der Thür zu dem Zimmer der Pflegerin, noch einen besonderen Eingang von außen haben. Das ist der große, durchschlagende Unterschied dieses Bausystems von den Corridor-Lazaretten, daß bei ansteckenden Krankheiten die Krankenräume gänzlich von dem Zimmer der Pflegerin abgesperrt werden können, so daß dieses nicht, gleich den Corridoren, die Uebertragung der Ansteckungsstoffe in die anderen Krankenzimmer vermittelt. Um diese Uebertragung noch sicherer zu verhüten, werden zwischen dem Zimmer der Pflegerin und den Krankenräumen Doppelt-Thüren angebracht.

Den Unzuträglichkeiten, welche aus dem Umstande entstehen könnten, daß die Fenster der männlichen Abtheilungen den Fenstern der weiblichen

Abtheilungen zugekehrt sind, wird dadurch vorgebeugt, daß in der Mitte zwischen den beiderseitigen Abtheilungen eine Bretterwand aufgeführt wird, welche an beiden Seiten mit einem immergrünen Rankgewächs oder Nadel= holz bepflanzt wird, und auf solche Weise zugleich den Kranken einen angenehmen und wohlthuenden Anblick gewährt.

Die anliegenden lithographirten Tafeln enthalten die Grund= risse und Ansichten von vier combinirten Pavillon= und Baracken=Lazaretten verschiedener Größe. — Es dürfte zum besseren Verständniß beitragen, wenn den einzelnen Tafeln einige erläuternde Bemerkungen beigegeben werden.

Tafel I.

giebt den Grundriß eines Dorf=Lazaretts für 8 Betten. Von vielen Seiten ist in jüngster Zeit darauf hingewiesen worden, wie wichtig es für die Krankenpflege sein würde, wenn die Gemeinden auf dem Lande sich dazu entschlössen, kleine Krankenhäuser zu bauen; hauptsächlich aller= dings für die Armen des Districts, aber auch für Alle, welche eine sorg= fältige Pflege in ihrer Wohnung nicht erhalten können. — Ich habe ebenfalls in einem Vortrage, welchen ich auf der diesjährigen Versammlung der deutschen Naturforscher und Aerzte in Leipzig über die Ausbildung weltlicher Krankenpflegerinnen hielt, die große Bedeutung solcher Dorf= Lazarette hervorgehoben und bei der Gelegenheit schon damals den vor= liegenden Grundriß in einer größeren Anzahl von Exemplaren vertheilt.

Der Grundriß enthält vier kleine Krankenzimmer, welche Anzahl jedes Krankenhaus, auch das kleinste, haben muß; nämlich zunächst eine männliche und eine weibliche Abtheilung, und dann wieder in jeder der= selben ein Zimmer zur Absonderung der mit Infections=Krankheiten Behafteten.

Ich will hier sogleich bemerken, daß in allen auf den beigegebenen Tafeln abgebildeten Lazaretten von den verschiedenen Größen zwei Pavillons und zwei Baracken sind, je eine für die männliche und für die weibliche Abtheilung. Die Baracken sind immer gegen Norden gewendet, um möglichst kühl zu liegen.

Zwischen dem Pavillon und der Baracke der männlichen und der weiblichen Abtheilung ist stets je eine Badekammer angelegt.

Die Pavillons und Baracken des Dorf=Lazaretts haben nur an der Einen Seite Fenster, während sich an der entgegengesetzten Wand

Luftklappen (1,50 Meter über dem Fußboden, 45 Centimeter hoch, 40 Centimeter breit) behufs einer erforderlichen stärkeren Ventilation befinden.

Es ist selbstverständlich, daß für ein so kleines Krankenhaus nicht noch eine specielle Küche, von ersterem abgetrennt, erbaut werden kann, sondern daß solche in demselben Gebäude sein muß. Hier ist außerdem noch ein Vorrathskeller unter der Küche anzulegen. Das weiter oben über die Lage von Küche und Keller Gesagte hat nur auf größere Lazarette Bezug.

In dem dazu bestimmten Zimmer wohnt eine Pflegerin, welche nach meiner Idee von jeder Gemeinde anzustellen ist. — Gerade für Dorfgemeinden und kleinere Ortschaften ist es höchst wünschenswerth, daß eine geschulte Pflegerin in deren Mitte wohnt. — Ich habe deshalb in dem erwähnten Vortrage dazu aufgefordert, daß eine jede Gemeinde für ihre Rechnung eine Pflegerin in einer zu diesem Zwecke errichteten Anstalt ausbilden lasse, (wie solches bereits vielfältig mit Hebammen geschieht) und ihr dann ihre Wohnung in dem Dorf-Lazarett anweise, damit sie in diesem und von dort aus eine segensreiche Wirksamkeit entfalte.

Die Baukosten eines solchen Dorf-Lazaretts für acht Betten, wenn der Bau nach meinem oben detaillirten Vorschlag aus Fachwerk, Bretterverkleidung nach innen und Dachpappe nach außen, aufgeführt wird, stellen sich folgendermaßen heraus:

	Quadrat-Meter.	Thaler.
a. 4 Baracken resp. Pavillons à 18¾ ☐-Meter Flächenraum	75	
b. 4 Anbauten mit Abort und Diele à 7 ☐-Meter.	28	
c. Zimmer für die Pflegerin	20	
d. 2 Badekammern à 4 ☐-Meter	8	
	131	
pr. ☐-Meter berechnet zu 20 Thlr.		2620
e. Küche (in Brandmauer mit Keller)	15	
pr. ☐-Meter berechnet zu 30 Thlr.		450
		3070
Wenn die sub a bis d genannten, in Fachwerk 2c. gebauten Theile auch in Brandmauer aufgeführt werden, so betragen die Kosten 25 pCt. mehr, d. h.		655
Mithin würde sich alsdann die Bausumme belaufen auf		3725

NB. Bei diesem Kostenanschlag, wie bei den folgenden, sind immer hohe, großstädtische Preise berechnet.

Als Terrain für ein Lazarett von dieser Größe und Form ist ein Flächenraum von etwa 600 Quadrat=Metern erforderlich, wenn die äußersten Ecken der Umfassungsmauern des Gebäudes überall noch 3 Meter von den Grenzen des Terrains entfernt bleiben sollen.

Tafel II.

liefert den Grundriß und die Ansicht eines Krankenhauses mit 32 Betten. Dasselbe ist zunächst für eine kleinere Stadt bestimmt; kann aber auch in einer größeren Stadt speciell als ein kleines eigenes Lazarett einer Bildungsanstalt für Krankenpflegerinnen empfohlen werden. Der Aufbau, welcher überhaupt in allen diesen Zeichnungen für die Pflegerinnen und das weibliche Aufsichtspersonal bestimmt ist, würde in einem solchen Falle von der Oberin und den Schülerinnen benutzt werden, während die beiden Pflegerinnen, welche die Wache haben, unten in dem dafür designirten Zimmer schlafen.

Ich habe bereits anderweitig wiederholt darauf aufmerksam gemacht, daß es bei Weitem am richtigsten ist, wenn eine Bildungsanstalt für Krankenpflegerinnen ihr eigenes Krankenhaus hat, in welchem eben als Hauptzweck die Ausbildung der Pflegerinnen verfolgt wird, so daß diese nicht hinter die sonstigen Aufgaben des Hospitals zurückgesetzt und als Nebensache betrachtet werde. — Wenn man nach dem hier ge= gebenen Plan baut, so wird man eine solche Anstalt auf eine einfache, zweckmäßige und billige Weise herstellen. Sollte noch mehr Platz für die Schülerinnen und die ausgelernten Pflegerinnen erforderlich sein, so kann man auch die Pavillons überbauen, (die Baracken natürlich nicht), um noch einige Zimmer mehr zu gewinnen.

Ueberhaupt versteht es sich von selbst, daß man auch dieses Kranken= haus etwas größer bauen und ihm namentlich die auf Tafel III. gezeich= neten Absonderungszimmer hinzufügen kann. — Die hier vorgelegten Pläne sollen ja nur anleitende Beispiele geben, wie die Krankenhäuser nach dem combinirten Pavillon= und Baracken=System etwa zu bauen seien; unter besonderer Betonung, daß dieses System der mannichfachsten Modifi= cationen fähig ist.

Einige specielle Bemerkungen verdienen noch beachtet zu werden.

Die auf diesem Plan befindlichen Veranda's sind eine sehr angenehme Zugabe für diejenigen Patienten, welche die frische Luft in vollen Zügen, und doch geschützt, genießen sollen.

Ueber den Aborten und den Veranda's lege man auch in den Baracken eine Decke, damit ein Raum zur Aufbewahrung der Kleidungsstücke der Kranken daselbst gewonnen werde.

In dem für die Pflegerin bestimmten Zimmer werden, ebenso wie in den Baracken resp. Pavillons, Luftabzugscanäle in den Wänden angelegt, wie auch durch den Ofenmantel frische Luft zugeführt. Wenn Zugwind wünschenswerth ist, um der Stagnation der Luft vorzubeugen, dann werden die Fenster des Zimmers und die Thüren der Theeküche, sowie einige in den Grundrissen nicht speciell angedeutete Luftklappen geöffnet, welche in den Scheidewänden von den beiden Badekammern angebracht sind.

Unter der Treppe in diesem Zimmer für die Pflegerinnen werden Schränke angebracht. In der Nische an der gegenüber liegenden Wand stehen die Lagerstätten der Pflegerinnen, etwa hinter einem Vorhang.

Operationen werden in dem Zimmer der Pflegerinnen gemacht.

Die Aborte sind so angelegt, daß ein Ventilations-Raum zwischen ihnen und den Pavillons, resp. Baracken bleibt. Dieser Raum ist nach oben frei, ganz ohne Decke und ohne Dach. Von demselben aus geschieht auch die Abführung der Excremente, wenn kein Sielanschluß für die Aborte vorhanden ist. Auf solche Weise ist zugleich der wenig delicate Anblick der Rückseite eines Aborts dem Auge möglichst entzogen. Nach unten ist dieser Raum und die ganze zum Abort gehörige Parthie von der unter dem Fußboden der Baracke (resp. des Pavillons) und der Veranda befindlichen Luftschicht durch eine Scheidewand abgetrennt, um die Gase abzuhalten.

Das Küchen- und Wirthschafts-Gebäude hat Vorrathskeller. Die größere Abtheilung ist die Küche. Hinter derselben sind zwei Speisekammern. Die Oberköchin bewohnt das hintere Zimmer. Die Köchinnen und Mägde schlafen in der Etage, welche auch zu anderen öconomischen und Verwaltungszwecken benutzt wird.

In der Leichenkammer werden die Sectionen gemacht, wofür auch ein eigener Raum abgetheilt werden kann. — In dem mit jener durch eine Thür verbundenen Zimmer wohnt der Chirurgen-Gehilfe des Lazaretts, welcher auch zugleich dessen Rechnungsführer sein kann.

Die Baukosten für ein derartiges Krankenhaus sind folgende, wenn nach meinem Vorschlag gebaut wird:

	Quadrat-Meter.	Thaler.
1) Fachwerk mit Bekleidung.		
a) 4 Baracken resp. Pavillons à 75 ☐-Meter....	300	
b) 4 Anbauten mit Abort und Veranda, à 21 ☐-Meter........	84	
c) Zimmer für die Pflegerinnen	45	
d) 2 Badekammern à 9 ☐-Meter	18	
e) Aufbau	83	
	530	
pr. ☐-Meter berechnet zu 20 Thlr.		10600
2) In Brandmauer.		
f) Theeküche (ohne Keller)	20	
pr. ☐-Meter berechnet zu 25 Thlr.		500
g) Zweistöckiges Wirthschaftsgebäude, mit Küche, Keller, Wohnungen ꝛc.	56	
pr. ☐-Meter berechnet zu 50 Thlr........		2800
h) Leichenkammer (einstöckig, ohne Keller).......	18	
pr. ☐-Meter 25 Thlr.		450
		14350
Wenn die sub a bis e genannten Theile auch in Brandmauer aufgeführt werden, so betragen die Kosten 25 pCt. mehr, d. h............		2650
und die Bausumme würde sich dann belaufen auf...		17000

Das für ein solches Lazarett erforderliche Terrain, dessen Grenzen 5 Meter von den Gebäuden entfernt sind, beträgt ungefähr 1900 Quadrat-Meter.

Tafel III.

stellt ein Krankenhaus dar für 112 bis 120 Betten. Eine größere Anzahl von Kranken sollte nie in Ein Gebäude gleichzeitig untergebracht werden.

Das hier gezeichnete Krankenhaus ist zweistöckig und so gebaut, daß es in den Erdgeschossen nur Pavillons, und in den Etagen nur Baracken enthält.

Zwischen der Decke des Erdgeschosses und dem Fußboden der Etage ist, aus früher bereits erörterten Gründen, der Ventilation wegen, ein etwa 40 Centimeter hoher, freier Zwischenraum, eine **Luftschicht**, welche deshalb durch **Drainröhren** mit der äußeren Luft communicirt, damit nicht Regen und Schnee, Staub und andere durch Wind und Sturm getriebene Dinge einen allzu unmittelbaren Zutritt haben. Die Drainröhren können außerdem auch noch durch Klappen geschlossen werden. Auf der linken Seite der „Ansicht" sind die Klappen in geschlossenem, auf der rechten Seite in offenem Zustande gezeichnet.

Der erwähnte Zwischenraum muß die angegebene Höhe haben, damit er erforderlichen Falls durch einen Menschen untersucht und gereinigt werden kann.

Sowohl die **Decken der Pavillons** wie die **Fußböden der Baracken müssen doppelt sein.**

Die **Eintheilung der Erdgeschosse und der Etagen ist gleich.** — In einem **Anbau** sind unten wie oben noch zwei **abgesonderte Krankenstuben** angebracht, — sei es für Privatpersonen, welche ein eigenes Zimmer zu haben wünschen, sei es zur Isolirung einzelner Kranker. — Diese Zimmer, von welchen das Eine nur mit Einem, das andere etwa mit zwei Kranken belegt werden kann, haben Fenster an zwei Seiten; die oberen zugleich auch noch, vollständig wie die Baracken, ein am First offenes Dach mit Dachreiter, — also hinreichende Ventilation.

Diese kleineren Abtheilungen können leicht, wenn solches erforderlich erscheint, durch eine Thür von den größeren getrennt werden. — Ein eigener **Abort** erleichtert diese Trennung. Die beiden Aborte werden von dem zwischen ihnen liegenden Raume aus gereinigt. Die beiden Seiten-Zwischenräume sind blos da, um die Aborte von den Kranken-Localitäten durch eine Luftschicht zu trennen.

Operationen wird man sowohl in dem Zimmer für die Pflegerinnen, als auch in einem etwa reservirten Absonderungszimmer verrichten können.

Die mit o bezeichneten **Kammern** sind für die Aufbewahrung der Kleider der Kranken bestimmt.

Im Uebrigen gelten die bereits zu Tafel I. und II. gemachten Bemerkungen auch hier.

Ein **Arzt** wohnt in der Etage des Wirthschaftsgebäudes.

Die Kosten für einen derartigen, nach dem öfters erwähnten Vorschlag aufgeführten Bau stellen sich folgendermaaßen heraus:

	Quadrat-Meter.	Thaler.

1) Fachwerk mit Bekleidung.

a) 4 Pavillons im Erdgeschoß à 112½ □-Meter.	450	
b) 4 Anbauten à 66½ □-Meter	266	
c) Zimmer für die Pflegerinnen	60	
d) 2 Badekammern à 9 □-Meter	18	
	794	
e) 4 Baracken in der Etage mit denselben Anbauten c.	794	
f) Aufbau	103	
	1691	
pr. □-Meter berechnet zu 20 Thlr.		33820*)

2) In Brandmauer.

g) 2 Theeküchen à 25 □-Meter	50	
pr. □-Meter berechnet zu 25 Thlr.		1250
h) Zweistöckiges Wirthschaftsgebäude mit Küche, Keller, Wohnungen c.	80	
pr. □-Meter 50 Thlr.		4000
i) Leichenkammer	30	
pr. □-Meter 25 Thlr.		750
		39820

Wenn die sub a bis f genannten Theile in Brandmauer aufgeführt werden, so betragen die Kosten dafür 25 pCt. mehr, also 8455

und die Bausumme würde sich alsdann belaufen auf . 48275

Das für ein solches Lazarett erforderliche Terrain, dessen Grenzen 7½ Meter von allen dazu gehörigen Gebäuden entfernt sind, hat einen Flächenraum von 4900 Quadrat-Metern.

---

*) Die Summe ist ziemlich hoch angegeben, da die Erdarbeiten und das Dach nur Einmal in Betracht kommen. In diesem Bau erfordern aber sowohl die Treppe, als auch die etwas bessere Ausstattung der abgesonderten Zimmer specielle Ausgaben.

Tafel IV.

soll eine Andeutung geben, wie das in den vorstehenden Zeilen entwickelte System auch auf den Bau von Krankenhäusern in den größten Städten anzuwenden ist, und zwar unter Befolgung der von der Wissenschaft und Erfahrung empfohlenen Decentralisation der Bauten und Krankenzerstreuung.

Nur wenige Worte mögen zur Erläuterung der Hauptpunkte, welche hier in Betracht kommen, dienen, da sich das Meiste aus dem bereits Gesagten ergiebt.

Um ein Hospital für 500 Kranke zu gewinnen, werden vier Gebäude nach dem Vorbilde des auf Tafel III. gezeichneten Krankenhauses aufgeführt und denselben noch vier kleinere Gebäude, entsprechend dem auf Tafel I. empfohlenen Dorflazarett, als Isolirhäuser beigegeben.

Die männliche und die weibliche Abtheilung sind gänzlich von einander getrennt.

In der Mitte liegt das die Kellerräume, die Küche, sowie die Wohnungen für die Oberköchin, für das weibliche Koch- und Dienstpersonal enthaltende zweistöckige Wirthschaftsgebäude. Das männliche Dienstpersonal wohnt in Einem der kleinen Flügel.

In den mit f. f. bezeichneten zweistöckigen Häusern wohnen die Abtheilungs-Aerzte und der Chirurgen-Gehilfe. Auch wird in jedem dieser beiden Häuser ein Aufnahme- und ein Operationszimmer eingerichtet.

Der ärztliche und der öconomische Director der Anstalt wohnen etwas abgesondert und so, daß sie, wenn möglich, einen Garten haben.

Das Waschhaus und das Leichenhaus liegen isolirt. Sie werden von geeigneten Personen bewohnt. In dem letzteren befindet sich außer dem Sectionszimmer auch eine Capelle.

Auf dieser letzten Zeichnung sind eben so wenig wie auf den anderen das Eishaus und der Brunnen angegeben worden, weil der Ort für die Anlage des letzteren sich nicht vorschreiben läßt. Ein Brunnen muß dort gegraben werden, wo nach der Beschaffenheit des Terrains das beste Wasser zu erwarten ist; und das Eishaus möchte aus Zweckmäßigkeitsrücksichten stets in die Nähe des Brunnens zu verlegen sein. — Eine Kammer, in welcher die Kleider durch trockene Hitze von Infectionsstoffen, thierischen oder pflanzlichen Parasiten 2c. gereinigt werden, wird im Waschhause eingerichtet.

Es sei hier noch der Versuch gemacht, die Kosten für einen so großartigen Bau zu veranschlagen:

	Quadrat-Meter.	Thaler.
a) 4 größere Krankenhäuser, inclusive Theeküchen (vgl. Tafel III.), à 35,070 Thlr.		140280
b) 4 kleinere Krankenhäuser (vgl. Tafel I.), à 3070 Thlr.		12280
c) 2 zweistöckige Wohnhäuser, mit Keller, für den ärztlichen und den öconomischen Director, à 165 ☐-Meter	330	
pr. ☐-Meter berechnet zu 60 Thlr.		19800
d) 2 zweistöckige Wohnungen, mit Keller, für die Abtheilungsärzte 2c., à 84 ☐-Meter	168	
pr. ☐-Meter 50 Thlr.		8400
e) Wirthschaftsgebäude 2c.	330	
pr. ☐-Meter 50 Thlr.		16500
f) Leichenhaus und Waschhaus, à 190 ☐-Meter . .	380	
pr. ☐-Meter 30 Thlr.		11400
		208660
Für Eishaus, Brunnen und zur Abrundung		3340
		212000
Wenn die in Fachwerk gebauten Theile, welche 7288 ☐-Meter betragen und pr. ☐-Meter zu 20 Thlr. berechnet sind, also zu 145,760 Thlr., in Brandmauer aufgeführt werden, so müssen 25 pCt. mehr, also . . .		36440
hinzugerechnet werden, und demnach die Bausumme anzuschlagen sein auf		248440
oder in runder Summe auf		250000

Das für ein Hospital von dieser Größe erforderliche Terrain, dessen Grenzen von allen Bauten 12½ Meter entfernt bleiben, bildet einen Flächenraum von 43,000 Quadrat-Metern.

Schlußwort.

An dem in den vorliegenden Blättern und Zeichnungen Ange=
deuteten ist gar Manches noch zu ändern und zu bessern. Das erkennt
Keiner bereitwilliger an als der Verfasser.

Man wolle aber bei der Beurtheilung dieser kleinen Schrift den
Maaßstab anlegen, daß es bei deren Abfassung nicht die Absicht sein
konnte, eine detaillirte Anweisung zum Lazarettbau zu geben. Es sollten
vielmehr nur erprobte Einrichtungen empfohlen, wissenschaft=
liche Lehrsätze berücksichtigt, praktische Winke gegeben, an=
regende Ideen ausgesprochen, mit Einem Worte: brauchbare
Steine herbeigetragen werden zum Fortschritt im Kranken=
hausbau.

Die in dem oben Gesagten hervorgehobenen, auf eine solche Reform
hinzielenden Puncte lassen sich in folgende kurze Sätze zusammenfassen:

1) Keine Corridor=Lazarette, auch keine große Kranken=
häuser oder große Krankenzimmer mehr.

2) Dagegen kleine, für einen nur 12jährigen Gebrauch, deshalb
einfach und wohlfeil gebaute Pavillon= und Baracken=Lazarette.

3) Anlage derselben nach einem zweckmäßigen, eine Erleichterung
der Pflege, Aufsicht und Verwaltung gewährenden Bauplan.

4) Verbannung der Küche und Wirthschaftsräume aus den
für die Kranken bestimmten Gebäuden.

———⋅⋅✦⋅⋅———

Anmerkung: In Folge einer kleinen Veränderung in den lithographirten Zeichnungen
auf Tafel II und III sind die resp. Pavillons etwas kleiner, und die
Zimmer für die Pflegerinnen etwas größer als auf Seite 22 und 24
angegeben.

Druckfehler. Seite 3, Zeile 7 von unten lies: diätetischen statt diätischen.

Druck von H. W. Köbner & Co. in Altona.

Grundriss
eines Dorf-Lazarett's für 8 Betten.
Pavillon- und Baracken-System.

a und c männliche Abtheilung.
b und d weibliche „
c und d Baracken ohne Decke mit Firstventilation vermittelst eines Dachreiters.
a und b Pavillons mit Decke ohne Firstventilation.
e Zimmer für die Pflegerin.
f Badekammer für Männer.

g Badekammer für Weiber.
h Küche.
i Closet und Pissoir.
k Haupteingänge.
l Manteloefen.
x Luftabzugscanäle.
A Wand mit 4 Fenstern.
B Wand mit Luftklappen.

55 B

von Bock.

Entw. v. Dr Niese.

Lith. u. Druck v. H. W. Köbner & Cⁱᵉ in Altona.

Krankenhaus mit 32 Betten.

Pavillon- und Baracken-System.

Grundriss und Situation.

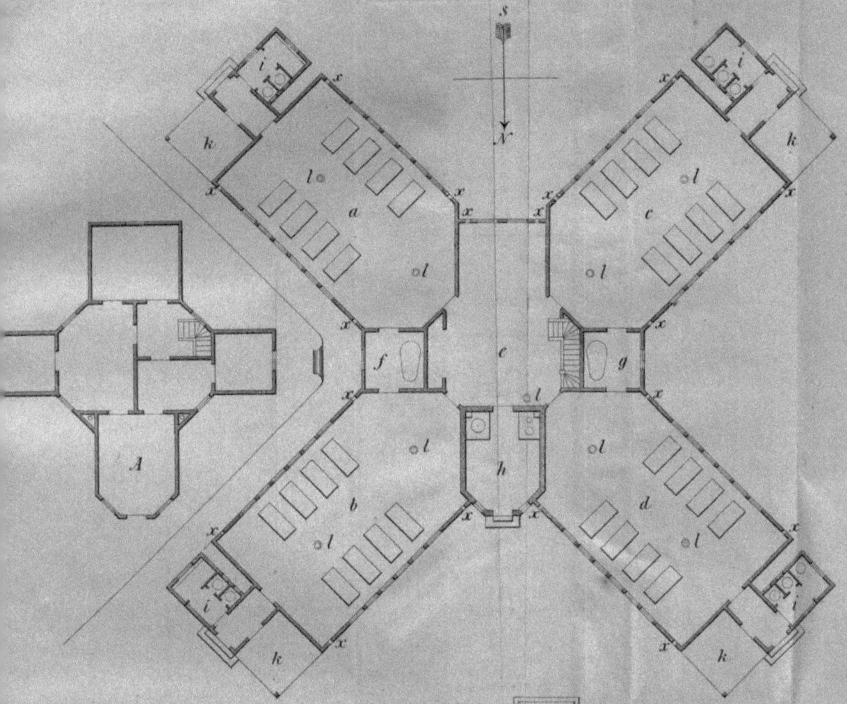

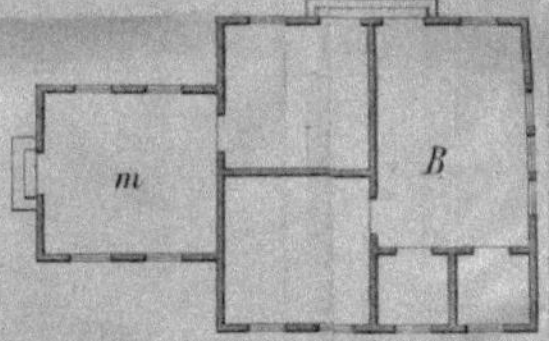

a und b männliche Abtheilung.
c . d weibliche .
a . c Pavillons.
b . d Baracken (für Typhuskranke p.p.)
e Pflegerin-Zimmer.
f Badekammer für Männer.
g „ „ Weiber.
h Theeküche.

i Closet und Pissoir.
k Veranda.
l Manteloefen.
x Luftabzugscanäle.
A Grundriss der Etage des Mittelbaues.
B Küche und Wirthschaftsgebäude
(mit Kellerräumen).
m Leichenkammer.

gez. von Bock.
Entw. von Dr. Niese.
Lith. u. Druck v. H. W. Köhner & Co Altona.

Krankenhaus mit 112 bis 120 Betten.

Pavillon- und Baracken-System.

Grundriss und Situation.

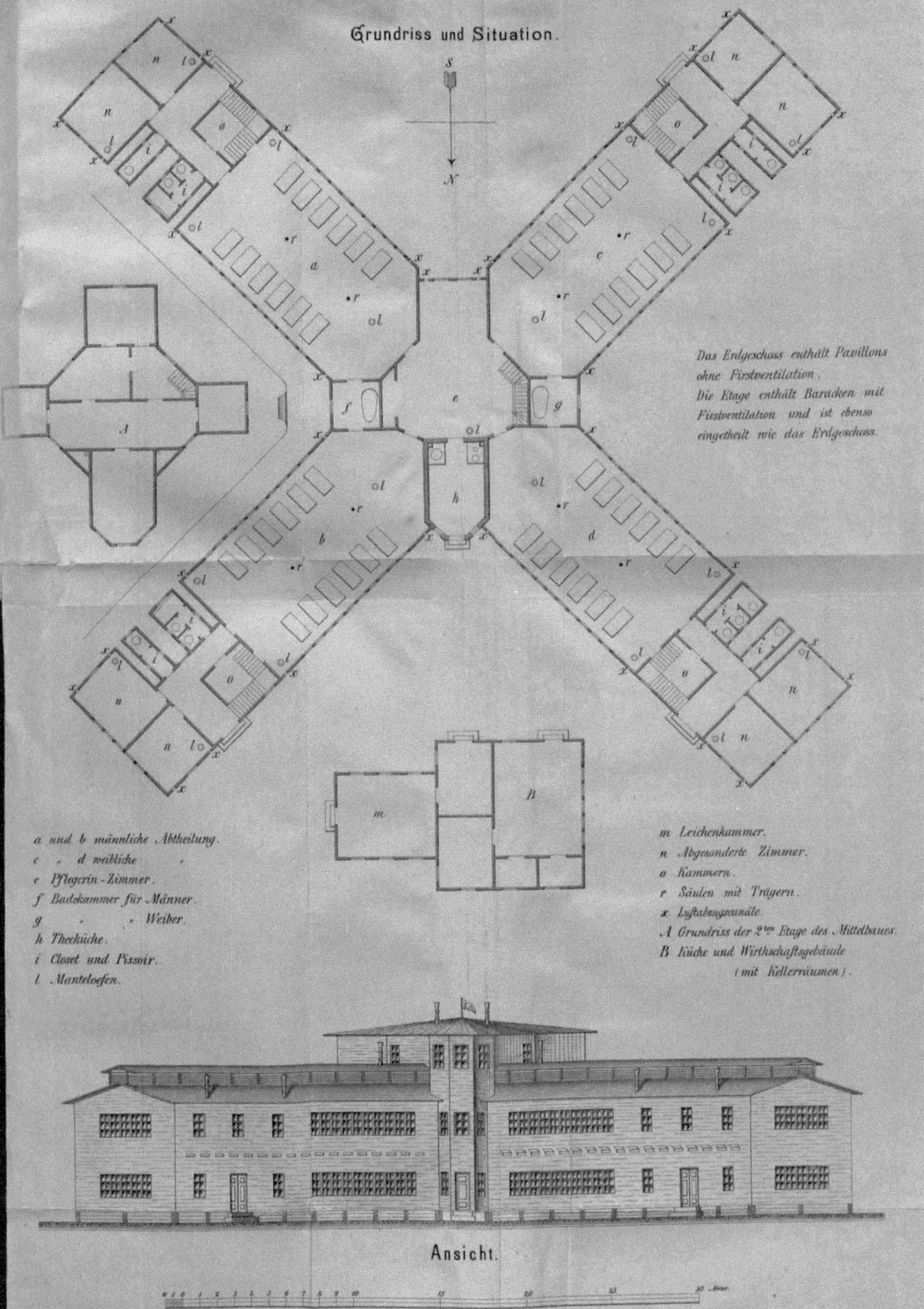

a und b männliche Abtheilung.
c „ d weibliche „
e Pflegerin-Zimmer.
f Badekammer für Männer.
g „ „ Weiber.
h Theeküche.
i Closet und Pissoir.
l Manteloefen.

m Leichenkammer.
n Abgesonderte Zimmer.
o Kammern.
r Säulen mit Trägern.
x Luftabzugscanäle.
A Grundriss der 2ten Etage des Mittelbaues.
B Küche und Wirthschaftsgebäude
(mit Kellerräumen).

Ansicht.

Gez. von Beck.

Entw. von Dr Niese.

Lith. u. Druck v. Kühner & Co. Altona.

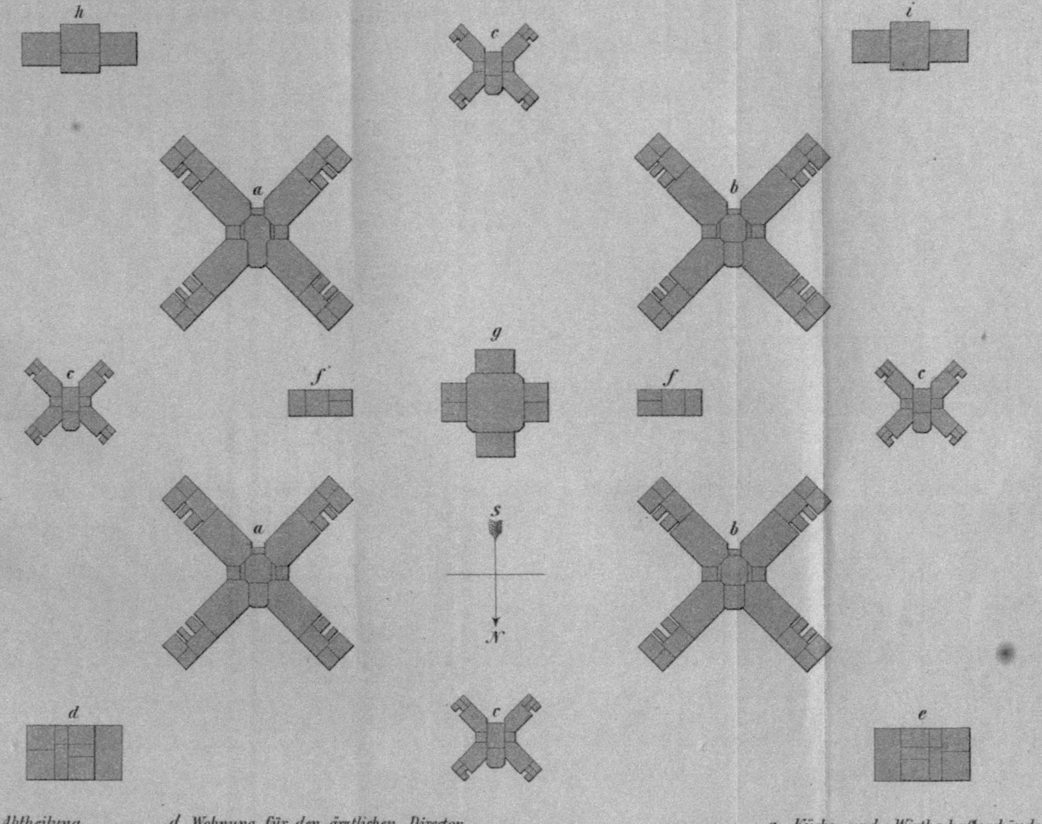

für ein Krankenhaus von 500 Betten.
Pavillon- und Baracken-System.
a Männliche Abtheilung.
b Weibliche Abtheilung.
c Absonderungshäuser.
d Wohnung für den ärztlichen Director.
e Wohnung für den oeconomischen Director.
f Aufnahme-Zimmer und Wohnung für die Abtheilungs-Aerzte.
g Küche und Wirthschaftsgebäude.
h Leichenhaus und Sectionszimmer.
i Waschhaus.
Entw. v. Dr Niese.
Lith. u Druck von H.W. Köbner & Co in Altona.